NINA DE VILLARD

Feuillets Parisiens

POESIES

Avec un Portrait à l'Eau-Forte

par GUÉRARD

PARIS
LIBRAIRIE HENRI MESSAGER
Boulevard St-Michel, 105

1885

Feuillets Parisiens

POESIES

PARIS. — IMPRIMERIE L. GUÉRIN ET Cie, 26, RUE DES PETITS-CARREAUX

NINA DE VILLARS

Feuillets Parisiens

POESIES

Avec un Portrait à l'Eau-Forte

par GUÉRARD

PARIS
LIBRAIRIE HENRI MESSAGER
Boulevard St-Michel, 105

1885

NOTICE

Il n'y eut pas, je le crois bien, de Parisienne plus parisienne que cette Parisienne qui s'appela Nina Gaillard, Nina de Callias, Nina de Villard.

Née rue des Martyrs, élevée en Algérie, ramenée en plein faubourg Montmartre, la charmante femme se fit connaître tout de suite. Son goût, lorsqu'elle était enfant, s'était tourné vers la musique. Elle poussait son étude du piano jusqu'à la passion. Dès le matin, elle s'installait devant le mystérieux instrument. Le soir, on l'y retrouvait. Que de fois, pour ce zèle énorme, elle fut grondée! Pourtant, elle continuait. Elle apprenait par cœur ses classiques, se perfectionnait à les traduire, cherchait les nuances, et sous la direction de maîtres habiles et de professeurs célèbres, tels que Henri Herz,

Séligmann et Marmontel, devenait une étincelante étoile. Ses débuts étonnèrent. Elle était toute mince, et sa mine pâle, encadrée d'une forêt de cheveux noirs qui bouffaient sur ses tempes, s'allongeait, très-inquiète. Ses grands yeux essayaient en vain de se faire petits. Elle s'assit, préluda, commença, joua, et un applaudissement, formé de mille applaudissements, la rassura. Ah! la belle victoire que la première victoire!

Cette entrée dans la vie l'enchanta. Elle s'acharna davantage sur ses cahiers, et aucun répertoire ne lui résista. La lyre divine lui livra ses secrets. Elle fit parler les ivoires et les ébènes, et Beethoven, et Bach, et Chopin durent lui sourire.

Vraiment, elle interprétait ces maîtres souverains avec un art merveilleux. Au premier elle laissait sa puissante couleur, au second son étonnant vertige, au troisième sa grâce compliquée.

Et, tout en interprétant les pages écrites, elle pensait à des pages qu'elle écrirait. La composition des autres lui donnait l'idée de composer. Elle se hasarda à jeter des notes sur des portées vierges. Son premier essai fut son premier succès. C'était un galop vertigineux, où tout un monde s'élançait et tournait, en un rhythme rapide et enlaçant.

Des valses suivirent, et des chansons, et des variations savantes, sur des motifs d'opéra. Il y a des bijoux dans son œuvre, des bijoux insoupçonnés, d'une forme ciselée, en même temps que d'une intense impression. Je me rappelle un « Prisonnier » plein de larmes, sorte de mazurka lente, coupée d'un point d'orgue, qui fait trembler. Je me rappelle aussi une berceuse très douce, et les Roses remontantes *dédiées à un auteur dramatique, dont elles remontèrent le courage* (1). *Délicatesses infinies, brodées dans un style personnel et inspiré.*

Pourquoi, direz-vous, toute cette histoire musicale?

Parce que cette musicienne fut conduite à la poésie par la musique.

Ah! le grand hymne des mots qui se lient et s'harmonisent, quel concerto cela fait!

Entre deux leçons, elle lisait, la virtuose. Elle lisait les poètes, elle sentait des parentés entre les notes et les syllabes, et elle s'apercevait que les sons des claviers correspondent à des sonorités de mots. Elle songeait qu'une rime, c'est une mélodie, et que l'oreille est caressée par deux hémistiches bien modelés.

Alors, elle fit des vers.

Mêlée au mouvement moderne, très-pénétrante, connaissant son époque, elle se plut à marcher avec les hommes d'à présent, dont beaucoup ne sont pas académiciens. Pour se distraire, elle écrivit des poèmes qui nous ont distraits et qui en distrairont d'autres. Tendres parfois, pétillants souvent, avec une teinte de mélancolie. Elle eut subitement une exubérance

(1) Les œuvres musicales de Nina de Villard seront publiées prochainement, sous la direction d'un compositeur distingué, M. H. Ghys.

qu'elle excellait à réprimer. Elle inventa des thèses, et les soutint, et, sur ses lèvres, ainsi que des libellules que le miel d'or attire, les assonnances riches se précipitaient.

Elle employa tout son entrain à peindre des élégances modernes, et des vices contemporains — qui sont de tous petits délits — Ce qu'elle a versé d'esprit dans ses alexandrins, c'est extraordinaire. Elle y a versé de l'essence d'esprit.

Il était nécessaire, pour arriver à cela, d'avoir vu Paris, le Paris de la « décadence » qui reprend, au contraire, ses forces, et les communique, et les inocule. Paris, jamais, ne fut aussi brillant, et à ses lumières voltigent tous les papillons du monde. Il renferme de surprenants travailleurs inconnus, couchés sur un papier blanc, produisant toutes les nuits, toutes les matinées, toutes les après-midis, exprimant des folies, préparant des grandeurs, défaisant des idoles, et faisant des idées. Paris de la « décadence! » le Paris fin, le Paris lettré, le Paris raffiné, délicat, violent et doux, sentant la poudre à fusil et la poudre à visage, courant, chantant, riant, s'armant, s'habillant pour la guerre, se déshabillant pour le bal, Paris léger, comique, grave, furieux, généreux, superbe, et lascif, et flaneur, et badaud, Paris sombre, Paris gai, — oui, certes, il faut le raconter, mais, pour le raconter, il faut être sincère, et pour être sincère, il faut avoir assisté à ses métamorphoses.

Or, celle qui fit les vers que vous aller lire y assista, et, dès le premier distique, la preuve est faite.

Oh! vous qui ne l'avez pas connue, permettez-moi de vous tracer son portrait. Beaucoup de peintres l'ont peinte. Plusieurs statuaires l'ont sculptée. Elle avait le front très-large, les yeux très-grands, le teint très-pâle, la taille très-svelte, et la bouche très-petite. Seulement ce que les peintres ni les sculpteurs n'ont pu montrer, c'est son cœur, qui était si bon, son âme qui était si claire, son esprit qui était si haut.

Elle est morte, en Juillet 1884. *Si elle avait vécu le double, on dirait quand même qu'elle a trop peu vécu.*

Paris, le 27 janvier 1885

ED. BAZIRE.

TESTAMENT

Je ne veux pas que l'on m'enterre, — dans un cimetière triste ; — je veux être dans une serre, — et qu'il y vienne des artistes.

Il faut qu'Henry me promette — de faire ma statue en marbre blanc — et que Charles me jure sur sa tête — de la couvrir de diamants.

Les bas-reliefs seront en bronze doré. — Ils représenteront — les trois Jeanne, puis Cléopatre — et puis Aspasie et Ninon.

Qu'on chante ma messe à Notre-Dame, — parce que c'est l'église d'Hugo ; — que les draperies soient blanches comme des femmes — et qu'on y joue du piano.

Que cette messe soit faite par un jeune homme, — sans ouvrage et qui ait du talent. — Il me serait très agréable — que de la chanteuse il fut l'amant.

Enfin, que ce soit une petite fête, — dont parlent huit jours les chroniqueurs. — Sur terre, hélas ! puisque je m'embête, — faut tacher de m'amuser ailleurs.

I

DEUX SONNETS

TRISTAN & ISEULT

ISEULT

O timide héros oublieux de mon rang,
Vous n'avez pas daigné saluer votre dame !
Vos yeux bleus sont restés attachés sur la rame.
Osez voir sur mon front la fureur d'un beau sang.

TRISTAN

J'observe le pilote assoupi sur son banc,
Afin que le navire où vient neiger la lame
Nous conduise tout droit devant l'épitalame.
Je suis le blanc gardien de votre honneur tout blanc.

ISEULT

Qu'éclate sans pitié ma tendresse étouffée !
Buvez, Tristan. Je suis la fille d'une fée ;
Ce breuvage innocent ne contient que la mort.

TRISTAN

Je bois, faisant pour vous ce dont je suis capable.
O charme, enchantement, joie, ivresse, remord !
Je renferme l'amour, ce breuvage coupable.

LA JALOUSIE DU JEUNE DIEU

Un savant visitait l'Egypte ; ayant osé
Pénétrer dans l'horreur des chambres violettes,
Où les vieux rois Thébains, en de saintes toilettes,
Se couchaient sous le roc, profondément creusé,

Il vit un pied de femme, et le trouva brisé
Par des Bédouins voleurs de riches amulettes.
Le beaume avait saigné le long des bandelettes,
Le henné ravivait les doigts d'un ton rosé.

Car ce pied conservait dans ses nuits infernales
Le charme doux et froid des choses virginales :
L'amour d'un jeune dieu l'avait pris enfantin.

Ayant baisé ce pied posé dans l'autre monde,
Le savant fut saisi d'une terreur profonde
Et mourut furieux, le lendemain matin.

II

PAGES DÉTACHÉES

LA CHATTE

Idéale, gourmande, attirante, égoïste,
Elle a le meilleur ton de Bade et de Paris,
Brise les objets d'art d'une façon artiste,
Ne salit point sa bouche à mordre des souris,
Sommeille sans remords aux plis du cachemire,
Et, musicale, glisse aux touches du clavier,
Sous prétexte qu'elle est très blanche et qu'on l'ad-
[mire.
Pour les baisers reçus don Juan peut l'envier ;
Son coup de griffe semble une aumône de reine,
Tant sa patte neigeuse a de hautains ennuis,
Tant sa férocité règne calme et sereine.
N'ayant jamais rien fait de bien, ni jours, ni nuits,
Sinon de promener ses prunelles dorées,
On l'aime : elle est de la race des adorées.

A SATURINE

De la tranquillité monotone des champs,
Tu nous vins l'an passé, ma chère inattendue.
De notre maître aimé les strophes et les chants,
Ont fait vibrer d'amour ta jeune âme éperdue.
Valentine aux yeux verts, l'éventail en tes mains,
Sera sceptre de grâce ou cravache de reine.
Toi qui sais émouvoir les plus fiers des humains,
Mais du maître adoré portes gaîment la chaîne,
Aventurine étrange, aux fantasques cheveux,
Lisant dans tes tarots, ô fille de Bohême,
Aux empereurs courbés, tu dirais : je le veux!
Mais au seul maître aimé, tu diras : je vous aime!

2

UNE RUSSE

La petite princesse est un peu fantaisiste ;
Elle parcourt le globe, ajoutant à sa liste
Des chanteurs, des banquiers, des sculpteurs et des [lords,
Elle est chercheuse et va quittant, sans nuls remords,
Le galant trop connu, la toilette trop vue.
Dans son esprit fantasque elle passe en revue
Les chemins parcourus et les cœurs captivés ;
Le soir, lisant le nom des nouveaux arrivés
Dans le pays où, reine, elle a posé sa tente :
« Seront-ils gais, » dit-elle avec une voix lente ?
Mais ils ne le sont pas, il faut recommencer,
Fumer des phereslys très forts et puis valser
Dans tous les casinos, de Monte-Carle à Vienne,
En traînant son mouchoir partout, quoi qu'il advienne.
Scherzi de Rubinstein, gavottes du vieux Bach
L'occupent un moment, après quoi vient le bac

Et les enivrements fiévreux de la roulette.
Elle dit : « Maximum ! » et, de sa main coquette,
Où d'une claire opale apparaît la lueur,
Elle pousse un rouleau vers le croupier rêveur,
Que trouble son accent gentiment moscovite;
Elle gagne, elle perd, et, riant, court bien vite
A d'autres jeux pervers. Elle rentre au boudoir
Nid soyeux, clair meublé sur des tapis d'ours noir,
Surchauffé, capiteux, plein d'un parfum étrange,
Où l'odeur de fourrure aux roses se mélange;
Alors sur un divan étirant ses beaux bras,
Sa bouche rose baille et murmure tout bas :
« Puisque rien ne me plaît, le gommeux ni l'artiste,
« Doushka, j'essaierai donc d'être un peu nihiliste ! »

L'ENTERREMENT D'UN ARBRE

L'arbre déraciné, grand cadavre verdi,
Sur un chariot lourd est traîné par les rues.
Les oiseaux sont partis d'un coup d'aile hardi,
Les nids sont renversés, les chansons disparues.
Les branchages souillés dans le faubourg malsain
Traînent lugubrement leur chevelure verte.
Ainsi sous le couteau cruel d'un assassin
S'échevèle une femme à la blessure ouverte.

BERCEUSE

Comme quand j'étais petite,
Je viens me faire bercer.
Je dormirai vite.
Tu vas m'enlacer.
Tu vas m'embrasser.

Le son de la vieille horloge,
Par son tictac obsesseur,
Dans mon cerveau loge
Son rhythme berceur…
Oh ! quelle douceur !

Je me sens brûler de fièvre,
Sur mon front, pour me calmer,
Tu poses ta lèvre
Tu sais bien m'aimer.
Tu vas me calmer.

IMPROMPTU

Vénus aujourd'hui met un bas d'azur
Et chez Marcelin conte des histoires;
Elle garde au fond, dans le vert si pur
De ses grands yeux clairs sous leurs franges noires
Le reflet du flot son pays natal.
Quand au Boulevard on la voit qui passe
Déesse fuyant de son piédestal,
Et venant chez nous promener sa grâce.
On lui voudrait bien dresser des autels,
Mais elle répond que cela l'ennuie
Et qu'elle permet aux pauvres mortels
De parler argot en sa compagnie.

VERS A PEINDRE

Elle a posé sur son front pâle
Un bandeau blanc
Tout semé de perles — opale
Et diamant.

Sa robe est longue et très galbeuse.
On aperçoit
Dans des flots d'étoffe soyeuse
Son pied chinois.

La main blanche, aristocratique,
Nerveuse, dompte un instrument,
Et des arômes de musique
Rôdent dans l'air, languissamment.

Plus bas, on sent vibrer la foule ;
Et son sourire est infernal,
Tandis qu'à ses pieds tombe et roule
Un chaste bouquet lilial.

Hautaine, l'œil plein de menace,
Sein de lys et cœur indompté,
Blagueuse, rouée et tenace,
Mais pure par férocité.

LES SAISONS

Quand mai fait fleurir les bois et les âmes
On s'en va par deux cueillir le muguet;
Les blonds amoureux, les rieuses femmes
Ecoutent chanter le chardonneret.
Quand j'avais seize ans, sur la verte mousse,
J'allais pour chercher, printanier régal,
Le fruit rougissant à la senteur douce,
Du fraisier des bois, roi de floréal.

Plus tard, le soleil est plus chaud encore,
La rose flamboye, et plus savoureux,
Sous les espaliers le fruit qui se dore
Répand des parfums lourds et capiteux.
Mes dents de vingt ans, aux blancheurs exquises,
Mordaient en riant d'un beau rire clair
Et se rougissaient au sang des cerises...
Que juillet est gai dans le grand bois vert!

Mais l'Automne vient; la feuille et la mousse
Ont des tons dorés, les soleils couchants
Gardent des splendeurs... C'est la saison rousse.
Le raisin mûrit pour les vins grisants.
Car c'est le moment des longues agapes.
Pour revivre encore, il faut s'étourdir,
Et, languissamment, je mords dans les grappes.
Le bonheur n'est plus. Cherchons le plaisir.

L'hiver est venu; plus d'oiseau qui chante,
Plus de nids joyeux, de jeunes amours.
On entend siffler la bise méchante.
Le ciel est ouaté de nuages lourds.
Auprès du ruisseau tout glacé qu'irise
Le dernier rayon d'un pâle soleil,
Je ne trouve plus que la nèfle grise,
Fruit meurtri, fruit mort à mon cœur pareil.

PARTIE DE CAMPAGNE

Par un jour de charme automnal,
Alors qu'on nous croyait brouillés
Nous avons fui, loin du banal,
Pour courir les sentiers mouillés.

Loin du monde, méchant malade,
Les oiseaux, les arbres, les bêtes,
Joyeux de notre promenade,
S'unissaient pour nous faire fêtes.

Passant sous la branche de houx,
Je l'ai follement embrassé :
Un petit âne à l'air très doux
Passait ; nous l'avons caressé.

Des bons chiens, joyeux et fidèles,
Jappaient, nous faisaient mille joies,
Nous n'avons trouvé de rebelles
Que dans les rangs d'un troupeau d'oies.

Le couchant était tout doré,
Pavillon d'or sur un fond noir ;
Je dis : « Ne croirait-on pas voir
Le nuage de Danaé ? »

A l'instant tombèrent en pluies,
Sous le coup d'aile de l'orage,
Les dernières feuilles jaunies,
Pièces d'or trouant le nuage.

Pour nous seuls luisait ce trésor,
Tous les deux nous étions ravis,
Car certe, un semblable décor
Aurait fait courir tout Paris.

Et puis après, dans une auberge,
Nous avons bu la glauque absinthe
Ceci se passsait sur la berge
D'Argenteuil, que Manet a peinte.

MADRIGAL

Fière comme Junon, comme Froufou vêtue,
Vous me représentez, madame, une statue,
Qui, prise par le spleen en l'olympe natal,
Pour s'habiller chez Worth a fui son piédestal.

III

BOUQUET

I

LILAS

Les premiers lilas blancs ont le charme énervant,
D'une Parisienne exquise et raffinée,
Par les bals de l'hiver exquisement fanée,
Trop frêle pour subir le soleil et le vent.

Puis viennent les lilas, lilas, fleurs plantureuses.
Orgueil des bois, triomphe éclatant des jardins,
Remplissant l'air de leurs caresses amoureuses,
Apportant sur la terre un rappel des Edens...

II

GIROFLÉE

Sur les vieux murs détruits pousse la giroflée,
Comme un dernier désir au fond d'un cœur meurtri.
Après avoir tout éprouvé, la désolée
Veut essayer encore de fuir l'horrible ennui.

O Printemps, tu permets à la noire ruine
De retrouver bouquets, parfums et chants d'oiseaux :
Ouvre à mon désespoir l'inépuisable mine
Des recommencements et des frais renouveaux.

III

CAMÉLIA

Sur un feuillage vert brutal, ma blancheur fière
S'épanouit insolemment,
A moins qu'elle ne pare en un soin de première
Le frac d'un élégant charmant,
Qui la promène, hélas! mourante et prisonnière,
Pâle astre d'un noir firmament.

Et pourtant, mon triomphe est assombri d'envie,
Nul visage ne s'est penché
Vers mon pétale clair, qui semble être sans vie.
Parfum! en vain, je t'ai cherché.
Etre tentation, soit... Fleur inassouvie,
Je voudrais plus : être péché.

IV

MUGUET

Près de la fontaine, où croît le cresson
Se trouve une fleur qui semble une perle.
Elle pousse aux pieds d'un arbre, où le merle
Chante des duos avec le pinson.

Elle est blanche, elle est ronde, elle est exquise;
Elle est très petite et se fait chercher...
Non, jamais duchesse et jamais marquise
D'un plus beau joyau ne put se parer.

Fillettes, allez cueillir des couronnes,
Avec vos amis : l'amour fait le guet,
Aimez au printemps, narguez les automnes;
La petite fleur, c'est le blanc muguet.

V

MYOSOTIS

De la terre et du ciel je suis métis ;
J'ai le bleu de l'un, de l'autre la sève :
L'amoureux paré de mon azur, rêve;
Je suis myosotis...

On m'appelle ailleurs, aux lointains pays,
« Ne m'oubliez pas » et nul ne m'oublie.
Hans le rêveur, ni Gretchen la jolie :
Je suis myosotis....

Mon pétale est court, mes pistils petits
Je n'ai nul parfum ; et toute ma gloire,
C'est d'être un reflet bleu d'une victoire...
Je suis myosotis.

Les amours profonds aux longs appétits ;
L'amour au front gai, l'amour au front blême,
M'ont choisi tous trois pour unique emblème :
Je suis myosotis.

Je suis le témoin des plaisirs flétris,
Je suis le témoin du bonheur qui reste,
Je suïs la fleur simple, ignorée, agreste.,.
Je suis myosotis.

IV

DIXAINS

A MAMAN

Va, n'espère jamais ressembler à ces mères
Qui font verser à l'Ambigu larmes amères ;
Tu n'es pas solennelle et tu ne saurais pas
Maudire, avec un geste altier de l'avant-bras ;
Tu n'as jamais cousu, jamais soigné mon linge,
Tu t'occupes bien moins de moi que de ton singe ;
Mais, malgré tout cela, les soirs de bonne humeur,
C'est avec toi que je rirai de meilleur cœur ;
Ensemble nous courrons premières promenades,
Car je te trouve le plus chic des camarades.

INTÉRIEUR

Quand la lampe Carcel sur la table s'allume,
Le bouilli brun paraît, escorté du légume,
Blanc navet, céleri, carotte à la rougeur
D'aurore, et doucement, moi je deviens songeur ;
Ce plat fade me plaît, me ravit; il m'enchante :
C'est son jus qui nous fait la soupe succulente ;
En la mangeant, je pense, avec recueillement,
A l'épouse qui, pour nourrir son rose enfant,
Perd sa beauté, mais gagne à ce labeur austère
Un saint rayonnement trop pur pour notre terre.

PRÉFÉRENCE

Dans les salons corrects, joyeux comme la pluie
Dans le dos, malgré moi, (j'en rougis) je m'ennuie.
Sur le marbre, le cliquetis des dominos
Me plaît mieux que le son mollasse des pianos
Jouant *Indiana*, sans souci des mesures,
Pour que dansent en rond les demoiselles mûres.
Je préfère au goût fade et sucré de l'orgeat
L'absinthe aigue-marine, et le bitter grenat,
Et le garçon frisé qui dit : « Servez terrasse ! »
Au conducteur de cotillon tout plein de grâce.

SOUHAIT

Je la voyais souvent au bureau d'omnibus,
A l'heure de l'absinthe, après tous les bocks bus,
Quand je rentrais troublé, fiévreux de la journée,
Et c'était un repos pour mon âme fanée
De rencontrer parfois cet ange en waterproof.
Sa forme jeune et pure, ignorante du pouf,
Ses tresses, sans chignon, son front sans maquillage
Et les réalités chastes de son corsage
M'ont fait rêver, portant le bouquet nuptial
A la vierge qui lit mon nom dans un journal.

LE PETIT MARCHAND

Ce pauvre enfant vend des jouets à bon marché,
Les gamins du faubourg, après avoir marché,
Après avoir, aux verts buissons, usé leurs vestes,
Viennent se reposer près des splendeurs modestes
A l'étalage où tout excite leur désir :
Mais le petit marchand seul n'y prend pas plaisir,
Car lui, c'est son métier, de lancer la ficelle
De la toupie, et l'aigre bruit de la crécelle
Le crispe ; le pantin lui fait, naïf bourreau,
L'horreur qu'à l'employé fait son chef de bureau.

OCTOBRE

L'été meurt, sur les ceps pendent les grappes mûres,
Hors de l'armoire on va secouer les fourrures
Qu'embaumait la senteur faible du vétiver.
Allons pour la dernière fois dans le bois vert
Où nous avons rêvé, sur un tapis de menthes,
Dans la sérénité des chaleurs endormantes.
J'accrocherai les plis neigeux de mes jupons
Aux ronces du sentier poudreux, grêles harpons.
Accordons-nous le doux sursis d'une journée,
Nous ferons ramoner demain la cheminée.

LE FIACRE

Le grand fiacre roulait avec un bruit berceur.
Il était à ses pieds, perdu dans la douceur
Des frou-frous parfumés de sa robe de faille ;
Elle dit : « De bonheur, cher, mon âme défaille ».
Il faisait nuit ; la lune évitait d'éclairer
Cette idylle ! — « N'avez-vous rien à déclarer ? »
Dit la voix. On était devant une barrière,
Et le douanier stupide, entr'ouvrant la portière,
Ramena dans l'horreur de la réalité
Ce beau couple emporté vers un monde enchanté.

L'EMPLOYÉ

Le petit employé de la poste restante
Vient tard à son bureau, son allure est très lente.
Il s'assied renfrogné sur son fauteuil en cuir,
Car il sait qu'aux clients il lui faudra servir
Les lettres, les journaux à timbre coloriste
Et même les mandats ! — Cet homme obscur est triste.
Il se dit, en flairant un billet parfumé,
Qu'il ne voyage pas, et qu'il n'est pas aimé,
Que son nom composé de syllabes comiques
N'est jamais imprimé dans les feuilles publiques.

JOURNAUX ILLUSTRÉS

Les journaux illustrés, chaque samedi soir,
Aux lecteurs qui, dans les gais cafés, vont
[s'asseoir,
Content avec des mots, des dessins et des rimes,
Les succès, les combats, les malheurs et les crimes.
On y voit des héros et des soldats vainqueurs,
Des poètes laurés, des croqueuses de cœurs,
Des sous-préfets corrects, saluant la statue
D'un inventeur honni, mort dans l'oubli qui tue.
On y voit les heureux, les puissants et les forts,
Et les plus arrivés de tous, — ceux qui sont morts.

LA TÊTE DE CIRE

Dans l'étalage chic de mode et de coiffures,
Où ruissellent les ors vivants des chevelures,
Une tête de cire au sourire vainqueur
Apparaît, captivant et les yeux et le cœur.
Par un infernal truc, le bandeau se soulève
Sur un front dénudé ; la blonde fille d'Eve
N'est plus qu'un monstre chauve avec son crâne nu ;
Le bandeau redescend et l'ange est revenu...
On passe en emportant dans l'âme une détresse,
Et l'on s'en va maussade, aimant moins sa maîtresse.

REGRETS FILIAUX

Tandis que sur les quais flanent les paresseuses,
Je regarde les lourds bateaux de blanchisseuses.
Il en sort des chansons comme d'un nid d'oiseaux.
Les robustes bras blancs, en plongeant dans les eaux
Que bleuit l'indigo, tordent le linge pâle
Et le ciel au-dessus prend des lueurs d'opale.
Moi, tout pensif, je rentre en murmurant tout bas :
« Ma mère n'est plus là pour repriser mes bas
Et mettre un chapelet d'iris dans mon armoire. »
Les nuages sur l'eau font des dessins de moire.

LE SOIR

On allume les becs de gaz : dans la nuit bleue
Les étoiles aussi s'enflamment; l'on fait queue
Devant les guichets des théâtres à succès
Qui font aux lycéens rêver tous les excès;
Dans les kiosques, on voit s'installer les marchandes
D'oranges, de journaux et de croquets d'amandes.
Et déjà vient s'asseoir aux tables des cafés,
Cachant son front sous des frisons ébouriffés,
Pêchant les amoureux comme on pêche à la ligne
La promeneuse du boulevard, fleur maligne.

V

MONOLOGUES

LE CLOWN

Mon cirque fait relâche, et j'en profite, amis,
Me trouvant ce soir libre, et correctement mis,
Pour vous dire en deux mots ma singulière histoire :
J'ai commencé mes tours au bord d'un écritoire,
— Ah ! dame, vous savez, on commence où l'on peut,
J'ai fait beaucoup de vers dont on se souvient peu,
J'ai célébré l'éther, l'océan, la mouette,
La forêt, l'arc-en-ciel, l'amour : j'étais poète !
Vous avez feuilleté mes livres sur les quais,
Ils sont tous entassés sur le quai Malaquais ;
J'ai rêvé des sommets altiers, des fières cimes
Qu'on peut escalader sur les ailes des rimes...
De ma jeunesse en fleur tel fut le clair matin.

. . . .

Mais la vie est un rink où souvent le patin
Nous emporte bien loin du but : erreur fatale !
J'ai traîné l'habit noir du solliciteur pâle
Qui cache un manuscrit lourd, j'ai connu l'horreur
De l'antichambre où l'on attend qu'un directeur

Ait fini de causer avec des ingénues.
J'ai vu naître et mourir bien des jeunes revues
Et j'ai noctambulé triste, hagard, crotté,
Vêtu pendant l'hiver de jaquettes d'été,
Et d'ulsters poussiéreux pendant la canicule.
Mais un jour lassé d'être un martyr ridicule,
« Pour dompter le public, il faut, me suis-je dit,
Employer quelque truc aussi fort qu'inédit. »
Alors j'ai dédaigné les ornières connues,
Que suivaient les anciens pour aller jusqu'aux nues,
Et pour mieux m'écarter des vulgaires chemins,
A la postérité j'ai marché sur les mains.

. . . .

Je suis le clown moderne et froid, ma jambe maigre,
Comme un piment confit longtemps dans du vinaigre
A d'étranges zigzags où le songeur se plaît;
Je sais poser mon front pensif sur mon mollet,
En faisant de petits bonjours de ma bottine
A la brune ambrée, aux senteurs de veloutine,
Qui profile son gâlbe aimable aux promenoirs.
Je vois s'illuminer les yeux verts, bleus ou noirs,
Quand au son du hautbois, de mon orteil senestre,
Je mouche élégamment le nez du chef d'orchestre.
Je porte une perruque écarlate, un maillot
Tout zébré de dessins fantasques, dernier mot
Des gommeux du tremplin; un sourcil circonflexe
Abrite mon regard, qui trouble l'autre sexe.

Je suis le roi des désossés; comble de l'art,
Je rase une table en faisant le grand écart,
Comme un rameur véloce en une périssoire.
J'improvise des pas sur une balançoire;
Les applaudissements gantés me sont acquis,
Quand je jongle avec des couteaux, d'un air exquis.
Brillant d'une gaîté féroce et japonaise,
Tantôt guèpard, tantôt boa, tantôt punaise,
Je sais bondir, ramper, m'aplatir, chaque soir,
Et ce qui sert aux autres hommes à s'asseoir,
Me sert à moi, le clown rêveur, de mandoline,
Pour ma chanson sans mot, sans notes, mais caline.
C'est alors que je plane — et je reprends mon rang
De descendant direct du père orang-outang.

. . . .

D'être son petit-fils je sens si peu de honte
Que vers ce grand aïeul fièrement je remonte.
Loin de répudier sa haute parenté,
Je le prends pour modèle, et c'est ma vanité,
Qu'on dise quand, rasé de frais, galbeux, le linge
Eclatant de blancheur, je parais : « Tiens ! un singe ! »

L'ACCORDEUR

L'ACCORDEUR, vêtu de noir, sans linge, s'assied au piano, l'ouvre et récite le monologue suivant, en le mêlant d'accords et de gammes.

Un homme s'est trouvé pour me prendre ma femme !
Être paradoxal que la laideur enflamme,
Et que, pour ce haut fait, nos neveux chanteront,
Il m'a pris le sein plat où je posais mon front !....
Moi, néanmoins, je cours chaque jour, humble artiste,
Consciencieusement remplir mon métier triste.

Faisant des notes sur le piano

Do, mi, sol, do, ré, fa, la, ré, mi, sol, si, mi.
C'est moi qui rends la vie au clavier endormi,
Qui de l'aube au couchant m'acharne sur l'ivoire,
Ressuscite les sons, soigne la touche noire
Et la blanche.... je suis plein d'un zèle grondeur ;
Je suis celui qui vient pour le sol, l'accordeur !
Oh ! le drôle de mot, la bizarre ironie !
J'allais tous les matins rétablir l'harmonie

Des instruments faussés par des doigts imprudents;
Rentré, je n'entendais que des cris discordants;
Ma femme remplissait les airs de sa voix aigre,
Alors que je trimais comme un malheureux nègre,
Pour, avec quelques sous gagnés péniblement,
Rendre possible son hideux accoutrement.

Gammes

Dans la salle en désordre où l'on a fait la fête,
Ramenant les bémols enrhumés à l'honnête
Diapason normal, on me voit arriver.
Et Dieu sait ce que mon métier me fait rêver !
O piano, témoin des nuits emparadisées,
Je te sens imprégné des mains cent fois baisées,
Moi l'obscur opprimé, morne et déshérité,
Qui ne connus jamais luxe, amour, ni beauté !
O piano, confident de tant de gais mystères,
Je ne sais rien de toi, que les labeurs austères,
Des beaux soirs je ne vois que les gris lendemains !

Trouvant des morceaux de musique sur le piano

Tenez ! voici là des morceaux à quatre mains,
— A deux sexes plutôt ! — Lui, mettant les pédales
Couvre d'un trémolo ses paroles fatales,
Tandis qu'elle, sous l'œil indulgent des parents,
Perd la tête, rougit, pâlit, tremble, se pâme,
Fait les yeux doux et joue avec toute son âme,
Et de son petit pied, très amoureusement,
A son voisin témoigne un tendre égarement,

Des valses de Métra ! Blondes valseuses frêles
Ont rasé le parquet de leur vol d'hirondelles.....
Oh !.... ces tailles, ployant dans les bras des valseurs !
Ne chasserai-je pas ces rêves obsesseurs ?....
Ah ! c'est que comparer ces mondaines orgies
Où flamboyaient les yeux, les bijoux, les bougies,
A mes nuits..... cette foule à mon isolement !

Il réfléchit

Je suis moins malheureux, au fait que son amant.
Car lui, le pauvre diable, au moins faut-il qu'il l'aime,
Qu'il contemple matin et soir sa face blême,
Qu'il aît de petits soins et de grandes ardeurs.....
Nous autres seuls, maris, pouvons être boudeurs.

Examinant les morceaux

Des couplets cascadeurs, des refrains d'opérettes....

Furetant

Près d'un londrès défunt des bouts de cigarettes.

Gammes

Moi, je prends mon tabac dans un cornet sans chic,
Et je n'ai jamais vu ni Théo, ni Judic.

Pause

Hélas ! je n'ai connu qu'une femme, la mienne,
Qui n'est pas belle, certe, il faut que j'en convienne,
Mais je l'avais choisie exprès ainsi, car j'ai,
Comme beaucoup de gens raisonnables, jugé

Qu'une épouse étant très repoussante est fidèle...
Je ne soupçonnais pas ce laideron modèle.

Gamme mineure triste

J'ai cru, moi, naïf, qu'elle, horrible affreusement,
Ne tenterait jamais le cœur de nul amant.

Autre gamme

Eh bien ! non, la laideur pour les âmes mal nées,
Ne fait point reculer les amours effrénées :
Elle est partie un jour toutes voiles dehors,
Emportant de chez moi, sans honte, ni remords,
Mes faux-cols en papier, ma chaîne en chrysocale,
Mes deux rasoirs tout neufs, mes chemises percale,
Dévalisant de fond en comble la maison.....
Tout ! tout ! ! tout ! ! ! jusqu'à mon pauvre diapason,
Elle a tout mis au clou, tout mis dans mon ménage,
Pour subvenir aux frais de son petit voyage.
Et je suis obligé, maintenant aux abois,
De remplacer l'ancien instrument par ma voix.

Il fait une note cassée et fausse

Cette voix, à présent, comme elle est affaiblie !

Avec un soupir

Ah ! si du moins ma femme avait été jolie !

Il se remet au travail

Au fond, je suis trop bête et j'ai mépris de moi
D'avoir, pour cette horreur absente de l'émoi.

Il frappe à coups redoublés sur le piano

C'est égal, je suis très vexé.... la scélérate!
Si jamais je te pince, il faut que je te batte!

Nouveaux coups

Je sens grandir en moi tous les instincts mauvais;
J'ai trop longtemps bêlé comme un agneau : je vais
Déchirer désormais et rugir comme un fauve.

Coups redoublés

Tiens! tiens!! tiens!!!

Très froidement

J'ai cassé le piano! je me sauve.

LE GOMMEUX

DEVANT SON CONSEIL DE FAMILLE

Mesdames et Messieurs, oncles, cousines, tantes,
Comme un bouquet de fleurs aux couleurs écla-
[tantes,]
Dont la rose est notaire et le bleuet docteur,
Vous voilà tous groupés — spectacle séducteur —
Pour me doter en votre humeur trop tracassière
D'un excellent conseil, tendre et judiciaire,
Prolongeant — c'est dans l'intérêt de ma santé —
Le charme adolescent de la minorité.
Donc de me protéger il faut qu'on se soucie;
C'est fort aimable à vous et je vous remercie
D'un si doux intérêt; mais je n'ai pas besoin
Que de me faire un sort on prenne tant de soin;
Sachez-le, je suis très content de l'existence
Que je mène, et je vais prendre un plaisir intense
A vous faire adopter mon avis, à vous tous...
Vous verrez que je suis le plus sage des fous.

Ayant dans mon berceau trouvé de la fortune,
Fallait-il exploiter des mines dans la lune ?
Prendre des actions qu'oncques on ne paya
Ou créer des tramways Paris-Himalaya ?...
Fallait-il des chevaux cafres carder la laine
Me consacrer à la bretelle américaine ?
Monter des opéras ou publier des vers ?...
Poser un téléphone entre les univers ?
Oui, j'aurais travaillé, mais j'aurais fait faillite !...
Si vous croyez que c'est pour cela qu'on hérite.
Quoi ! j'irais m'abrutir dans un obscur emploi !
Je ne suis fait pour rien, mais tout est fait pour moi.
L'artiste, le marchand, l'ouvrier, l'ouvrière,
L'usinier, le mineur, le fermier, la fermière...
Ce monde qui se meut, et qui poursuit un but,
C'est l'orchestre et je suis le ténor donnant l'Ut —
Oh ! ne me prenez pas pour un être inutile.
Une prairie en fleurs vaut bien un champ fertile ;
Je ne travaille pas, mais je fais travailler.
C'est pour moi que l'on voit les grands tailleurs tailler
Ces vestons à carreaux insensés qu'on raconte
Dans les journaux. Gilets très ouverts où l'on compte
Les battements cherchés d'un cœur qui ne bat pas.
Ces pantalons formant un gracieux compas.
Le chemisier, ayant fait ma chemise, dîne.
Le hâve jardinier qui tristement jardine
Pourrait-il vivre, si je lui manquais, hélas ?
Je suis sa providence en offrant ses lilas,

Ses fraises, ses raisins, ses asperges en branches,
En faisant croquer ses primeurs par des dents blan-
[ches.
Je suis le protecteur des chemins de fer, car,
Dans mes déplacements, j'use les sleeping-car.
Si chauffent les vapeurs, si se gonflent les voiles,
Si le marin pensif voit pâlir les étoiles,
C'est pour qu'après souper je boive la liqueur
Au parfum vanillé qui réjouit le cœur,
Et que je fume, à l'heure où le viveur se vanne,
Les cigares dorés venus de la Havane.
Pour moi, pour mes pareils la nature a tout fait :
La neige tombe afin de glacer le parfait.
Quand dans les claires eaux des grands fleuves ils
[glissent,
C'est pour nous que la truite et le saumon s'unissent,
Prenant pour rendez-vous les flots céruléens.
Au légendaire abri des rochers vendéens, [sent.
C'est pour nous seuls que les jeunes huîtres engrais-
C'est pour nous que la dinde et la truffe apparaissent.
Les moutons sont flattés lorsque nous les mangeons,
Les pigeons sont créés pour le tir aux pigeons.
Je suis, convenez-en, le pivot du commerce.
Si, très prochainement, monsieur de Lesseps perce
Après l'isthme de Suez, l'isthme de Panama,
Question de chapeaux !... Non, jamais nul n'aima
Autant l'humanité, nul n'est moins égoïste
Qu'un élégant gommeux, jeune, aux instincts d'ar-
[tiste

Qui s'assied toujours plein d'appétit au banquet,
Et cueille dans la vie un éternel bouquet.
Ai-je fait, chers parents, enfin vibrer la corde?
Vos cœurs sont-ils touchés? J'espère qu'on m'accorde
Le mérite du moins d'avoir dans mon passé
Toujours fait quelque bien alors que j'ai nocé.
Que voulez-vous? Chacun doit suivre sa nature.
L'un court le handicap et l'autre l'aventure.
Tout être au fond de l'âme a son ambition
Et se doit d'obéir à sa vocation.
L'un rêve les succès, il se fait acrobate,
Ayant le goût du whist un autre est diplomate,
Si l'on tient à ravir les femmes, on se fait
Chanteur, — et si l'on aime à voyager, préfet,
Tel, futur avoué, se plaît dans le grabuge,
Un homme très enclin au sommeil devient juge.
Oh! laissez-moi rester, — cela me va si bien! —
Celui qui parmi vous passe en ne faisant rien.
Messieurs et chers cousins, mesdames et parentes.
Laissez-moi sous le gai soleil manger mes rentes,
Inscrivant sous les plis joyeux de mon drapeau
Cette devise fière et moderne: Etre beau.

LES ADIEUX DE LA PETITE DIVA

Elle entre en cachant son visage avec des bouquets.
Arrivée à l'avant-scène, elle les écarte, et sourit.

C'est moi !... Regardez-moi, cela vous est permis
Pour la dernière fois....
Bonsoir, mes bons amis.
Votre diva, votre bijou, votre chérie
S'en va... Ne soyez pas fâchés.

Joignant les mains

Je vous en prie !
Que mon doux souvenir, dans vos âmes laissé,
Soit comme un frais pastel par le temps effacé,
Un arôme léger, une poussière rose.

Envoyant un baiser

O mon cher bon public, jamais froid, ni morose !

. . . .

Pour mes adorateurs fidèles, il n'y a
Pas de saison sans rose et sans magnolia.

Pour parfumer ma loge avec des senteurs rares
On a fait voyager du printemps dans les gares.
On a cueilli le jasmin d'or, cher à Carmen
Sur les sierras, sur les glaciers, le cyclamen;

Désignant un de ses bouquets

Et cette violette aux tons pâles est née
Sur les bords qu'attiédit la Méditerranée.

. . . .

. . . .

Et pourtant, je m'en vais, ingrate, vous quitter.
Je pars, — bien que je sache à n'en pouvoir douter,
Que, dans la salle, il n'est pas un cœur qui ne batte,
Quand j'entre en scène avec des airs mignons de chatte

A certains spectateurs

Vous qui créez mes travestis exquis et fous.
Vous, le grand financier, découvreur d'astres, vous,
Messieurs du Strapontin, du couloir, de la loge,
Qui remplissez votre journal de mon éloge,
Laissez-moi vous conter, pour me justifier,
Le rêve auquel je vais tous vous sacrifier.

. . . .

. . . .

Rêveuse, très lentement

Pouvoir tous les matins, sans qu'un filet la serre,
Peigner ma chevelure opulente et sincère,

N'aller pas emprunter à Madame Loysel
Ces frisons blonds, pareils aux plumes de l'oisel.
Et, le soir, plus de Jabloschkoff, plus de bougie..
La lampe avec son abat-jour, ô nostalgie!
Avoir, (oh! si longtemps ce rêve m'a ravi!)
Le droit d'être enchaînée et d'aimer son mari.

LA DUCHESSE DIANE

La scène est à Deauville, dans la villa Marine, chez la baronne de Maillais. Un salon, avec un piano, une petite table sur laquelle sont posés un miroir, des albums, une boîte à poudre de riz, un bouquet de fleurs des champs très harmonieux de couleurs. La duchesse Diane entre, en parlant à une personne qu'on ne voit pas. Toilette de promenade à la campagne, extrêmement élégante.

Parlant à une personne qu'on ne voit pas.

Non, laissez-moi, marquis, je ne veux voir personne.
J'ai besoin d'être seule, allez rejoindre Yvonne
Au croquet, ou Lansac et le prince au billard ;
Je veux me reposer, je reviendrai plus tard
Ecouter vos exquis concetti, mais, de grâce,
Ne me poursuivez pas, je suis nerveuse et lasse.

Entrant tout à fait en scène.

Gentil, mais un peu fou, ce marquis Doria ;
On prétend qu'à son club, un soir, il paria
De m'offrir à souper dans son palais de Gênes.
C'est un sang azuré qui coule dans ses veines,
Ses mains sont en ivoire et ses cheveux en or,
Un César Borgia... qui serait un ténor.
Il semble échappé d'un tableau du Veronèse,
Mais, quand il va parler, on attend l'ut dièze ;

Pour causer avec lui chanter vaudrait bien mieux.
Puis, en vocalisant, répondre à ses aveux...
Il porte des parfums, des perles, une bague
Dont le chaton contient du poison, une dague.
Cet Italien blond, avec son air hautain,
A le tort d'évoquer la Porte-Saint-Martin.
Par son charme exotique un instant amusée
Je l'ai regardé vivre et suis désabusée ;
A mon cœur c'est en vain que je voudrais mentir,
Hélas ! ce n'est pas lui qui me fera sortir
De cette indifférence amère où je m'ennuie
Affreusement, ainsi qu'une reine obéie....
N'avoir pas un regret, n'avoir pas un désir,
Ignorant le bonheur, vivre dans le plaisir ;
Rien, rien, pauvre Diane, oh ! que ne donnerais-je
Pour voir fondre au soleil cette froideur de neige ?

Un peu tristement.

J'avais fait au printemps un rêve bien bourgeois :
Seule, avec mon mari, venir passer un mois
A la mer, et qui sait ? c'eût peut-être été drôle,
Nouveau dans tous les cas, mais ce n'est pas le rôle,
Je le vois bien, qui m'est par le sort dévolu,
Car le duc...

Avec ironie.

Oh ! bien malgré lui, n'a pas voulu,
N'a pas pu, veux-je dire; un travail d'importance
Extrême tout l'été retient son Excellence

A Paris, et tous ces messieurs, que je fuyais,
Sont arrivés chez la baronne de Maillais.
Heureuse comme tout, cette chère baronne ;
Son cœur est débordant de plaisir, car personne,
Pas même la Patti, n'a rempli ses salons
Autant que moi. Vrai, c'est un succès. Nous allons
Amener tout Paris de Trouville à Deauville.
Une procession depuis huit jours défile
Dans la Villa Marine ; on n'a jamais tant ri,
Tant soupé, tant dansé.

Pendant toute cette scène, elle s'est approchée du miroir. Très lentement elle a ôté son chapeau, ses gants, arrangé ses cheveux ; ses yeux s'arrêtent sur le bouquet. Elle dit, avec un peu d'émotion :

Le bouquet d'Aimery !
Oh ! oui, c'est bien de lui. Doux poète, il exprime
L'amour par un bouquet comme par une rime.
Harmonieusement il sait grouper les fleurs
Comme une symphonie exquise de couleurs.
Quel frais parfum d'aurore et de sentes mouillées !
Il ne ressemble guère à ces roses payées,
Banales comme l'or, qu'on offre sans amour.
Il s'est levé pour le cueillir avant le jour.
Quand l'aube dans le ciel met des blancheurs de perles,
Ecoutant les chansons des pinsons et des merles,
Il a marché longtemps dans le bois tout fleuri ;
Il a dû mal dormir cette nuit. J'ai meurtri
Sans pitié sa pauvre âme, hier ; j'étais méchante,
Et pourtant je sens bien, malgré moi, qu'il m'enchante

Ce doux être pensif, ployant sous mon regard,
Comme un lys sous l'orage ; il est déjà trop tard
Pour m'en défendre ; j'ai presque de la tendresse
Pour lui ; je lui fais mal, mais son amour caresse
Mon orgueil par ses vers qui sont remplis de moi ;
Il attendrit mon cœur par son naïf émoi...

Tout en respirant et touchant le bouquet, elle y trouve une lettre.

Un billet ! oh ! c'est mal, tromper ma confiance,
Non, rien n'autorisait pareille impertinence...
Ce n'est plus l'Aimery rêvé, s'il est pervers ;
Qu'il ne paraisse plus devant moi.

Ouvrant la lettre, avec une voix subitement calmée.

Tiens, des vers !

Duchesse, quand vient le jour,
Je vais, dans le grand bois sourd,
Dire aux oiseaux ma détresse ;
Je songe, quand vous dormez,
A votre front parfumé
Ombré d'une lourde tresse.
Madame, au soleil couchant,
Quand, dans les blondeurs d'un champ,
L'astre-roi semble descendre,
Alors chante le bouvreuil,
Et moi je contemple, en deuil,
Mes espoirs réduits en cendre.
Diane, je suis triste et seul
Dans mes draps, cruel linceul !

Torturé par l'insomnie.
Doux songe, sylphe léger,
Près d'elle va voltiger,
Toi que j'aime, sois bénie.

Avec un sourire indulgent

Il faut lui pardonner, car il souffre vraiment;
Et puis son madrigal, après tout, est charmant.
Le pauvre, il brisera ses ailes à me suivre
Dans mon fier tourbillon. Ce qu'il faudrait pour vivre
Heureux, à cet enfant, c'est une femme sœur
Qui marcherait avec des pas pleins de douceur
Autour de lui, pendant qu'il écrirait, très-bonne;
C'est une femme enfin dans le genre d'Yvonne,
Ma petite cousine... Hélas! la pauvre enfant
L'aime, et c'est pour cela qu'elle dit qu'au couvent
Elle veut retourner, qu'elle abhorre le monde,
Le mariage, et tout; pauvre petite blonde!
Seule, j'ai le secret de son cœur ingénu.
Chère enfant, de l'amour tu n'as jamais connu
Que les pleurs, les tourments, la triste jalousie;
Tu veux t'ensevelir, vivante poésie,
Tu veux prier pour lui, toujours; il serait mieux
Encore de l'aimer et de le rendre heureux.
Dieu ne m'en voudrait pas de lui ravir cette âme
Qui ferait une mère adorable, une femme
Consolatrice et douce, ainsi qu'un bel ange. Oui,
Je lui ferai comprendre au poète, aujourd'hui,
Tout de suite pendant que j'en ai le courage,
Qu'il doit m'oublier; je ferai ce mariage.

M'oublier, et pourquoi ? L'idéal sentiment
Qui nous unit peut bien subsister; oui, vraiment,
Son cœur si tourmenté trouvera l'accalmie
Entre sa femme, Yvonne, et Diane, son amie.

Sa voix s'est voilée ; en prononçant ces dernières paroles, ses yeux se sont mouillés. Elle dit :

La duchesse a pleuré, la duchesse a du cœur.
Voilà qui surprendrait Lansac, le chroniqueur ;
Il le raconterait pour sûr dans l'*Etincelle ;*
Cette chronique-là me plairait moins que celle
Qu'il fit sur mon habit couleur regard-du-roy,
En satin merveilleux, chaque pan très-étroit,
Brodé de vieil argent, d'or et de perles fines,
Ouvrant sur des volants coquillés de malines.
Ce soir-là, j'ai, je crois, régné sur tout Paris,
Dans ce beau palazzo, vrai rêve de houris,
Où les esprits vainqueurs, les beautés qu'on redoute
Se coudoyaient, fiers et charmés, à la Redoute
Que le prince donna pour me faire la cour.
C'était Venise au parc Monceau. Dieu, que d'amour
Dans les parfums troublants des emparadisées !
Que de champagne au fond des coupes irisées ?
Comme sous les loups noirs les rires se perlaient !
Qu'ils étaient berceurs les orchestres qui jouaient
A la sourdine, au loin, cette valse des roses !
Le Jabloschkoff, par des lueurs d'apothéoses,
Eclairait les valseurs et les couples furtifs
Qui s'enfuyaient, joyeux, dans l'ombre des massifs.
Avec ses airs charmants de grand seigneur-poète,
Le prince me faisait les honneurs de sa fête,

Régal qu'il donnait à ma curiosité.
Son automne a gardé des flamboiements d'été,
Et puis, que voulez-vous? il aura du prestige,
Toujours, parce qu'on l'a beaucoup aimé; vertige
Attirant vers l'abîme où d'autres ont sombré.
Celui pour qui des yeux bleus ou noirs ont pleuré
Nous préoccupe, ainsi qu'une énigme vivante.
Toujours nous roulerons sur l'éternelle pente
Où d'autres ont glissé. Don Juan nous fascina
De tout temps: nous avons des Dona Juana.
Dans l'amour, chercher l'infini, c'est bien en somme;
Cet idéal fuyant peut bien tenter un homme.
Quel poème plus beau, plus varié que nous?
N'est-ce pas se grandir que vivre à nos genoux?..
Il était séduisant, contant d'une voix basse
Ses tant belles amours du passé; que de grâce
Disparue, et d'éclairs éteints par le tombeau!
Funèbre, mais charmeur, il me paraissait beau,
Ce sultan d'un sérail de belles trépassées.
Je sentais des frissons exquis, et mes pensées
Se troublaient dans l'air capiteux qui me grisait.
C'est amusant d'avoir un peu peur; il disait
Tout le décaméron amoureux de sa vie;
Un ensorcellement où la femme ravie,
Se couronnant de rose, accepte le cyprès;
Où comme dans Boccace, on sent la mort tout près.
Heureusement, pour m'arracher au sortilège,
J'avais tous mes suivants, Lansac et puis Helphège,
Le grand commentateur du Mahabaratha,
Qui pour être galant, me compare à Sita,

Et prenant des airs fats en regardant la foule,
Se rengorgeant ainsi qu'un pigeon qui roucoule,
Vient, au milieu d'un bal, tirer un manuscrit.
Pour débiter un madrigal, en pur sanscrit.
Puis Lansac me disait la chronique légère
De ce monde interlope, où j'étais étrangère ;
Ses racontars spirituels m'amusaient fort.
Certes, venir à la Redoute était un tort,
Une quasi coupable et perverse équipée.
Si le duc l'avait su !.. J'étais préoccupée,
Inquiète, vraiment ; ce n'était pas banal
D'avoir presque un remords sans rien faire de mal.
Ces dames me lorgnaient : je crois que ma toilette
A triomphé dans la passe d'armes coquette.
Mais, mon plus grand succès ne fut pas celui-là.
Dans les splendeurs de ce moderne Walhalla
On vit paraître Franz Haller, le pianiste ;
Et ce monde blasé, ce monde fantaisiste,
Espérant se griser d'harmonie et d'accords,
Voulut absolument l'entendre. Franz alors,
Entouré d'un essaim de modernes sirènes,
Qui l'enlaçaient avec des grâces souveraines,
Resta froid, dédaigneux, semblant n'entendre rien ;
Mais tout à coup, plongeant son regard dans le mien —
Qu'il avait reconnu, je crois bien, sous le masque —
Il me dit : — (Un artiste est toujours très fantasque)
— « Voulez-vous ? » Je fis « oui », comme ça, sans [parler ;
Il s'assit au piano, puis fit d'abord rouler

Un prélude onduleux, rhythmé comme une vague,
Qui s'éteignit en un murmure doux et vague ;
Alors fixant sur moi ses yeux, il m'adressa
Son poème d'amour, le rêve commença :

Tout en parlant, elle a marché vers le piano et s'y est assise. Si l'actrice est pianiste, elle exécutera, en sourdine, pendant la tirade suivante, une mazurka de Chopin, si elle ne l'est pas, on jouera dans la coulisse ; enfin, s'il n'y a pas de pianiste, elle s'accoudera sur le clavier.

On n'est plus à Paris, on n'est plus à Venise ;
C'est le Nord très lointain, dans sa blancheur exquise,
C'est la steppe neigeuse où glissent les traîneaux :
Le ciel gris traversé par des vols de corbeaux.
Frileusement j'étais blottie, — âpre délice ! —
Tout près de lui, dans les tiédeurs de ma pelisse
De loutre, jusqu'aux yeux ayant bien enfoncé
Cette petite toque en velours vert foncé
Qui me va bien, dit-on, à cause de l'aigrette
D'émeraudes ; le vent tout autour de sa tête
Soulevait ses cheveux. Parfois on rencontrait
Des Tziganes errants ; une femme lisait
Un avenir d'amour dans nos mains enlacées,
Oh, quelle rhythme bizarre en leurs chansons dansées !
Comme leurs fiers talons tapaient sur le sol dur
Dans ces pays tout blancs ignorés de l'azur !
Pour moi seule chantait cet instrument magique.
Par les enchantements ailés de la musique
Tous les cerveaux étaient troublés divinement ;
Comme Orphée il chantait..! Mais il vint un moment

Où la foule oublia l'étrange virtuose,
Quand, dans cette gaîté de fête bleue et rose,
Parut Max de Loris, le superbe orateur,
Puissant comme un lion, calme triomphateur,
Un frisson de respect secoua ces frivoles ;
C'est que l'écho vibrait encore des paroles
Qu'à la Chambre il avait dites si fièrement.
Dompter les femmes, c'est un passetemps charmant,
Qui prouve du talent, mais dominer les hommes
C'est plus fort et, ma foi ! voilà comment nous sommes,
Nous autres, nous aimons la force ; les soumis
Nous attendrissent un instant, sont nos amis,
Mais l'amant préféré, toujours, sera le maître ;
L'homme à la volonté ferme et douce, enfin l'être
A qui l'on obéit délicieusement.
C'est si bon de n'avoir pas à penser, vraiment.
Être libre, c'est ennuyeux… Être captive,
Heureuse, et se laisser aller à la dérive,
Quand sur le gouvernail on sent un bras très-fort,
N'est-ce pas l'idéal ? Vivre sans nul effort,
Confiante en celui qui même votre barque
Vers les clairs horizons lumineux ! Je remarque
Que seules ici-bas les femmes sans beauté
Réclament la maussade et triste liberté.
Cet homme peut manquer à la galanterie
Parfois ; c'est que son temps se doit à la patrie,
C'est qu'au bonheur de tous il sait sacrifier
Tout, même les douceurs exquises du foyer.

Sa femme doit comprendre, étant intelligente,
La grandeur de son rôle; on peut être indulgente
Pour l'être honnête et pur qui n'a jamais menti.
Certe, il faudrait qu'elle eût un esprit perverti,
Celle qu'il a choisie et qu'il a faite sienne,
Pour trahir son honneur, dont elle est la gardienne!
Comme elle doit se dire avec tranquillité :

Avec un enthousiasme croissant

Sa haute confiance et sa calme bonté
Me font une bien noble et bien douce existence;
Je suis l'inspiratrice et chère providence
De cet homme si bon, grand parmi les humains,
Qui mit sa main loyale en mes petites mains...
Ah! cette femme est une heureuse...

Elle éclate d'un rire prolongé

Cette femme,
Mais, c'est moi! Plus de trouble et plus de vague à
[l'âme :
Vous seul vous règnerez sur mon cœur bien guéri,
Monsieur le duc Max de Loris, mon cher mari.

VI

LE MOINE BLEU

Le Moine bleu n'appartient pas tout entier à NINA DE VILLARD, qui eut pour collaborateurs, en cette circonstance, deux ou trois poètes amis. L'éditeur peut nommer avec certitude MM. JEAN RICHEPIN et GERMAIN NOUVEAU.

LE MOINE BLEU

PERSONNAGES :

YSEULT.
ENGUERRAND.
LE MOINE.
TRISTAN.
FENIMORE, nègre tantôt muet, tantôt sourd.

SCÈNE I

YSEULT *(seule, écoutant)*

On entend une horloge quelque part.

Huit heures! j'ai très faim! — Appelons Fenimore!

Elle frappe dans ses mains, le nègre arrive.

O! nègre que je hais, esclave que j'abhorre!
Vieux bâton de réglisse!... — Allons, mets le couvert.
Apporte ici la lampe et son abat-jour vert.

Le nègre dépose une lampe sur la table, et lui sourit à larges dents.
Elle le présente au public.

Mon gardien, mon bourreau, bref, un vieux camarade,
Et voici mon mari — qui vient de la parade.

SCÈNE II

YSEULT, ENGUERRAND

Rumeurs à la porte, qui s'ouvre brusquement, livrant passage à un chasseur barbarement vêtu, qui secoue sa capeline pleine de neige, la neige de ses cheveux, de sa barbe et de ses bottes.

YSEULT

C'est lui!

ENGUERRAND

C'est moi.

YSEULT

C'est lui!

ENGUERRAND

C'est moi.

YSEULT

C'est lui!

ENGUERRAND

C'est moi.

ENGUERRAND ET YSEULT (*ensemble*)

Moi des Machicoulis, duc et cousin du Roy,
Comte de Monguignon, baron de Sombreflamme...

YSEULT

C'est lui!

ENGUERRAND

C'est moi.

YSEULT

Bonsoir, Monsieur.

ENGUERRAND

Bonsoir, Madame!

YSEULT

Après?

ENGUERRAND

Regardez-moi!

YSEULT

Je vous regarde. Eh! bien?

ENGUERRAND

D'où viennent cet œil calme et ce calme maintien?
Mais tremblez, tremblez donc un peu, sous mon
[tonnerre!...

YSEULT

Je fais ce que je peux, ainsi qu'à l'ordinaire;
Mais ce soir..... impossible.....

ENGUERRAND

Ah! vous direz pourquoi!...

YSEULT

Vous devez avoir faim? Seyez-vous devant moi.

Ils se mettent à table.

ENGUERRAND *(à part)*

Patience! je vais en découvrir de belles.

YSEULT

Eh bien! quelles sont donc les charmantes nouvelles
Que vous nous apportez — des hôtes de ces bois.

ENGUERRAND

Il fait un froid de loup! — et j'en ai tué trois!

Ma jument, Tricolore, a la jambe cassée.
La pluie, au matin rouge, affreuse, était passée
A midi; mon cor, blême, épouvanta les bois!
J'ai déjeuné fort bien sur l'herbe, et dans un mois
A moi seul j'ai tué cent des plus belles bêtes.
J'ai très soif, cette soupe est trop chaude. Vous êtes
Charmante, et moi je suis hideusement jaloux!
Hideusement!

YSEULT

Mon doux seigneur, là! calmez-vous.

ENGUERRAND

Oh! votre voix plus douce augmente ma furie,
Savez vous!

YSEULT

Là! voyons, calmez-vous, je vous prie.
Vous plaît-il un quartier de volaille?

Elle le sert

Voilà!

ENGUERRAND

Si je vous écoutais, je ne ferais que ça.
Et j'ai bien autre chose à faire, ma chérie!
Le moment est très grave. Ecoutez-moi, Marie,
J'ai pour tout nom Didier, je m'appelle Enguerrand
J'étais nu quand je vins au monde, et... pas très
[grand.
L'Italie est en proie aux ducs, l'Espagne aux comtes,
Monaco ne veut plus — coup dur — rendre ses
[comptes.

Ici, ceci! c'est bien; là, celà! c'est mieux. Donc,
Sous le poids des soucis mon chef souffre, et mon
[tronc.
Puis Charles-Quint, puis Mac-Mahon, puis Charle-
[magne.
Voilà pourquoi je veux aller à la campagne.
Vous ne m'écoutez pas! Vous n'entendrez que mieux.
Le train part à midi. Midi! c'est curieux.
La police le sait, elle n'y peut rien faire.
Insidieux, brutal, tendre, voilà ma sphère!
La France étant dans cet état, lugubre sort,
Ce qui rentre n'est pas semblable à ce qui sort,
Qu'en pensez-vous?

YSEULT

Monsieur, il est un vieil usage,
Une coutume, sainte encore au moyen-âge
Dans lequel nous vivons, si j'ai dans ces hauteurs
Pénétré la pensée intime des auteurs.
Je disais donc, qu'il est une coutume étrange
Etrange, parce qu'en somme, à moins d'être un ange
On ne comprendra pas que des gens comme il faut
Portant cotte de maille et corset sans défaut
Ayant des rentes sur l'Etat, une écurie
Où l'odeur de l'avoine et du foin se marie
A celle du..... crottin désagréablement,
Çà, c'est mon avis, car j'en sais passablement
Qui souhaiteraient vivre et mourir dans ces antres
A panser les chevaux et leur brosser les ventres —

Si bien qu'un jour m'étant égarée...

ENGUERRAND

Hà! hà! hà!... *(à part.)*
Elle va se couper. Bon! *(haut).* Egarée! où ça?

YSEULT

Mais dans une écurie.

ENGUERRAND

Une écurie! Oh! rage!
Mais!...

YSEULT

Calmez-vous, c'était avant mon mariage.

ENGUERRAND

Oh! très-bien, pardonnez.

YSEULT

Il n'y a pas de quoi!
Où donc en étions nous?...

ENGUERRAND

Est-ce que je sais, moi?

YSEULT

Eh ben! ni moi non plus!

ENGUERRAND

Ni moi? vous voulez rire,

YSEULT

C'était pourtant joli ce que j'avais à dire.

ENGUERRAND

Ah! j'y suis, vous parliez d'un corset sans défaut.

YSEULT

Mais non, mais non — et puis... ne criez pas si haut.

ENGUERRAND

L'habitude des camps, où le canon qui tonne
Couvre la voix. Je vais chercher plus bas, mignonne.
Ah! j'y suis, cette fois... Je parle à vos genoux
Le crottin!...

YSEULT

Le crottin!... pour qui me prenez-vous?

ENGUERRAND

Ah! c'en est trop, enfin! — Assez de fourberie
Vous venez d'avouer, horreur! une écurie!...
Mais alors, dites-le, c'est un palefrenier.
Mais osez-donc, pour voir, osez donc le nier,
Misérable!

YSEULT

C'était avant mon mariage.

ENGUERRAND

Ah! très bien, pardonnez!

YSEULT

Pas de quoi... Cet usage
Consistait en ceci :

ENGUERRAND

Consistait en ceci :

YSEULT

Le soir...

ENGUERRAND

Le soir...

YSEULT

Alors vous le savez aussi.
Parlez.

ENGUERRAND

Je ne veux pas parler.

YSEULT

La cloche tinte,
N'est-ce pas?

ENGUERRAND

Quelle cloche ?... Ah! je comprends la feinte
Vous, vous détournez la conversation.

YSEULT

Eh bien! je laisse là cette narration

ENGUERRAND

Que ce soit un discours ou bien une romance
Madame, il faut toujours finir ce qu'on commence.

YSEULT

Eh bien! voici : les sons charmants de l'angelus
Annoncent au château,... vous ne me suivez plus?

ENGUERRAND

Allez donc!

YSEULT

Qu'il est l'heure où l'on se met à table,
Je le déclare ici, dans tout milieu potable,
On dédie un couvert au convive inconnu.
Il peut toujours venir...

ENGUERRAND

Il n'est jamais venu.

YSEULT

Oui, mais s'il vient?...

ENGUERRAND

S'il vient, je le mets à la porte.

YSEULT

Alors, vous êtes mal élevé.

ENGUERRAND

Que m'importe!...

YSEULT

Vous n'avez pas reçu d'éducation.

ENGUERRAND

Moi ?...

YSEULT

Vous !

ENGUERRAND

Des Machicoulis, duc et cousin du Roy,
Comte de Monguignon, baron de Sombreflamme
De l'éducation ! j'en suis pourri, Madame !

Entrée du Nègre.

YSEULT

Pourri vous-même.

ENGUERRAND

Assez !....

YSEULT

Pourri ! pourri ! pourri !

ENGUERRAND

Vous n'êtes qu'un lézard !

YSEULT

Vous n'êtes qu'un mari.

SCÈNE III

LES MÊMES, LE NÈGRE

Pantomime du Nègre pendant cette scène.

ENGUERRAND

Eh bien! quoi! que veux-tu?

YSEULT

Calmez-vous, mon bon Charle,
Et n'insultez pas trop ce pauvre muet.

ENGUERRAND

Parle!...
Mon Dieu! je n'entends pas! — Suis-je devenu sourd?
Oh! la surdité!... Quoi n'ouïr plus le tambour,
L'orgue, le piano!... — Courbé sur ton octave
Que tu devais souffrir, O! Bethowen Gustave!
Parle... Bon! je comprends. Il dit qu'il ne pleut plus,
Allons, tant mieux. C'est bien! pas de mots super-
[flus..
Pardon, je me trompais : il dit qu'il pleut encore...
Mais quelle ambition folâtre te dévore?

YSEULT

Moi seule j'ai compris, ce geste essentiel,
Pour les gens les plus sots veut dire un arc-en-ciel.

ENGUERRAND

Soit, mais alors pourquoi ce serviteur trop libre

Affecte-il de nous parler en pur félibre.

Sortie du Nègre.

Voyons cet arc-en-ciel.

YSEULT

Il pleut horriblement.

ENGUERRAND

Il pleut! il pleut! Alors, c'est que le nègre ment,

Rentrée du Nègre

De l'orage et de moi, vil guelfe, tu te joues.

YSEULT

Pardonnez-lui,... la honte enlumine ses joues.

Le Nègre donne une carte.

ENGUERRAND

Une carte!

YSEULT

Pour moi?

ENGUERRAND

Pour moi?

YSEULT ET ENGUERRAND *(ensemble)*

Le moine bleu.

ENGUERRAND

Je vous le disais bien! j'avais compris, parbleu.

YSEULT

Faites entrer.

ENGUERRAND

Pardon ! c'est moi qui suis le maître,
J'ai seul droit de défendre, et seul droit de permettre.
Faites entrer...

SCÈNE IV

ENGUERRAND, YSEULT, LE MOINE

LE MOINE

Madame, et la société !

YSEULT

Il a du monde, il est très-bien, en vérité.

ENGUERRAND

Comment vous nommez-vous ?

LE MOINE

Tristan !

ENGUERRAND

Tristan l'hermite ?

LE MOINE

Plein d'humour !...

YSEULT

Sous ce froc d'azur qui le limite
Il paraît façonné pour les jeux de l'amour.

LE MOINE

Yseult.

ENGUERRAND

Tout simplement. Elle était jeune et belle,
Sans fortune et sans nom. Je lui donnais les miens,
Moi, des Machicoulis, duc et.....

LE MOINE

Je me souviens.

ENGUERRAND

Duc et cousin du Roy, comte...

YSEULT

Assez! mais j'y songe,
Sans doute un appétit formidable vous ronge,
Mon père, soyez donc le convive inconnu
Qui peut toujours venir.

ENGUERRAND

Il est enfin venu,
Ah! ah! ah! nous allons pouvoir dîner, que diantre!

YSEULT

Je n'ai plus faim.

LE MOINE

Ni moi.

ENGUERRAND

Alors, frère Tristan l'hermite, plein d'humour...

LE MOINE

Vous ne comprenez rien... C'est plein d'humour
[vous-même.

YSEULT

C'est un éloge qu'il vous fait.

ENGUERRAND

Par le saint chrême,
Je ne m'appelle pas Plein d'Humour. Je suis, moi,
Moi, des Machicoulis, duc et cousin du Roy
Comte de Monguignon, baron de Sombreflamme.

LE MOINE

Et sans doute, autres lieux. Et le nom de Madame,
Si belle qu'à la voir, j'ai le torticolis.

ENGUERRAND

Mais, Madame Enguerrand, rand des Machicoulis,
Comte de Monguignon, baron de Sombreflamme
Duc et cousin du Roy, c'est le nom de ma femme.

YSEULT

La femme doit porter le nom de son époux.

LE MOINE

C'est vrai; mais n'est-il pas, dites, un nom plus doux?
Le petit nom,... le nom,... le nom de demoiselle?

ENGUERRAND

Moi, je veux dans mon ventre
Mettre du pain, du vin et de la viande avec.

YSEULT

Vous saurez que Monsieur mange fort et boit sec.
Pendant que vous mangez, alors que faut-il faire,
Il faut vous regarder?...

ENGUERRAND

Mais pas du tout; le frère
Pour votre instruction, et ma digestion,
Fera sans passion une allocution.

YSEULT

Comme ce sera gai!

ENGUERRAND

Que la fête commence!

LE MOINE

Ah! si je vous chantais ma petite romance?
Je suis ténor.

YSEULT

Parfait!

LE MOINE

Donnant l'ut sans effort.
Et même baryton.

ENGUERRAND

De plus fort en plus fort.

LE MOINE

Le p'tit moin' qui fait pénitence
Se lèv' d'ordinaire au p'tit jour,
Puis dans sa p'tit' cellul' commence
Par faire un ou deux petits tours.
Aussitôt après sa prière
Il faut qu'il aille à l'Angelus
Faire un grand salut au p'tit père
Qui lui rend un petit salut.

ENGUERRAND

Bravo! bravo! buvons un coup, allons, en garde!

Le moine jette son vin par dessus son épaule, et un coup d'œil en faisant des mines

YSEULT

Oh! comme son œil brille et comme il me regarde.

LE MOINE

Tout le long du jour il récite
De petits oremus latins,
Et l'on voit tourner, tourner vite
Son p'tit rosaire à sa p'tit' main.
Quand il a mis trop de paresse
A cultiver son jardinet,
Il va confesser à confesse
Un p'tit péché que Dieu lui r'met.

ENGUERRAND

Bravo! bravo! buvons un coup, buvons encore!

Même jeu de scène

YSEULT

Il est exquis ; son œil de flamme me dévore.

LE MOINE

Le soir dans son p'tit réfectoire
Bien qu'il ait grand soif et grand faim,
Souvent il dîn' d'un' petit' poire
Dont il doit laisser le pépin.
Puis dévot'ment, sous sa petit' rob'e
Et tout seul, bien seul, il s'en va
S'fourrer, jusqu'à la petite aube
Dans son p'tit lit pas plus grand qu'çà.

ENGUERRAND

Bravissimo ! bravo ! buvons, vive la joie !

Même jeu de scène

YSEULT

Ah ! je comprends, c'est un amant que Dieu m'envoie.

ENGUERRAND

Ouf ! ah ! brua ! brua ! Comme j'ai bien dîné !

Une horloge sonne

Vous qui chantez si bien, quelle heure a donc sonné ?

LE MOINE

L'heure où sur le gazon la lune se repose,
L'heure où l'oiseau d'amour ouvre son aile rose,
L'heure où les lutins bleus errent parmis les joncs,
L'heure où de frais soupirs s'exhalent des donjons,
L'heure où l'esprit des fleurs s'endort dans leurs co-
L'heure des longs baisers et des lentes paroles, [rolles

L'heure douce au baron et douce au paysan,
L'heure enfin...

ENGUERRAND

Il suffit, c'est bien. Allez vous-en.
Quand on a bien mangé, bien bu... je bois encore.
On sent... qu'est-ce qu'on sent?.. Yseult, je vous adore!
Je suis mari... Vous, moine, il faut prier. Et puis...
Allez voir dans mon oratoire si j'y suis.

LE MOINE (*à part*)

C'est ce que je voulais. Il va dormir. Courage.

Il sort

SCÈNE V.

YSEULT, ENGUERRAND, puis **LE MOINE**

YSEULT

Nous sommes seuls, je vais reprendre mon ouvrage.

ENGUERRAND

Yseult! hum! ma petite Hortense, viens ici

Un silence

YSEULT (*à part*)

Je crois qu'il dort, Seigneur! Seigneur! il dort, merci!
Il dort comme un cheval alourdi par l'avoine.
Pst! pst! Beau moine, viens.

LE MOINE *(entrant)*

Je ne suis pas un moine.

YSEULT *(à part)*

Ce beau page d'azur espiègle et libertin
Me plaît, car il ressemble au chanteur florentin.
Réduit en bronze, il ferait bien sur ma pendule.
Pour mieux le subjuguer, feignons d'être crédule
Et de croire, naïve, à tous ses beaux discours.

LE MOINE

Suzeraine adorée, écoute mes amours.
Quand la première fois, au sortir de l'église,
Je te vis, belle Yseult, oh! châtelaine exquise,
Un voile blanc flottant aux pointes du pennin
Qui couronnait de cornes d'or ton front divin.
Sur le chemin poudreux, ta robe armoriée
Traînait avec un bruit très doux, coloriée,
Tu marchais au milieu d'un peuple prosterné,
Je sentis que l'amour dans mon cœur était né.

Voyant Enguerrand endormi.

Oh! jalousie, horreur, vertige, abîme, gouffre!
Tu n'es pas à moi seul, mon Yseult, et je souffre.
Tu lui juras soumission devant l'autel
Tu le reçois, suave, au seuil de ton castel...
Quand il rentre le soir, animé par la chasse,
Et qu'il pose les lourds aciers de sa cuirasse
Ce guerrier doit avoir l'audace des hussards!
Je vois tes bras neigeux meurtris par ses brassards,

Sous son dur gantelet ployer ta souple taille,
Je te vois succomber à l'ardente bataille,
Et tes longs cheveux blonds inonder l'oreiller !
Oh ! cet homme qui ronfle ! il va se réveiller !
Puisse un noir cauchemar sur lui poser sa griffe.

YSEULT

Oh ! ne crains rien, ce n'est qu'un époux apocryphe.
Avec cet Enguerrand du carré Marigny
Depuis longtemps, mon cher Tristan, c'est bien fini
De rire, et c'est cela qui lui rend l'humeur noire.

TRISTAN *(à part)*

Croyons-la, c'est poli — Toujours la même histoire.
Haut.
Ange d'amour, merci, je crois à ta candeur,
Le ciel n'est pas plus pur que le fond de ton cœur,
C'est un doux paradis où tout seul je pénètre,

Tombant à genoux.

Une ineffable joie envahit tout mon être.

YSEULT

Mon cœur est un boudoir dont toi seul as la clé.

TRISTAN

Dans ta douce prison puis-je être bouclé.
Sa muraille est charmante. Ah ! pour ma vie entière
Je voudrais, chère Yseult, t'avoir pour guichetière.

YSEULT

Que c'est beau, la jeunesse! Ah! doux et frais amour!
Quel contraste entre cet éphèbe et ce pandour.

TRISTAN

En effet, je suis beau, Madame, je l'avoue.
Oui, déjà le coton viril orne ma joue,
Mon menton se dessine en vigoureux méplat.
Regardez. — Mes yeux noirs abondent en éclat
Ma peau claire n'est pas fanée au vent des fièvres,
La grâce ombre mes commissures de lèvres,
Je suis svelte, mes reins souples, mes mollets
Sans être gros ne sont pas précisément laids.
J'ai le pied fin, la main fine, la taille fine,
Mes cheveux sont un ciel que l'aurore illumine
Et mes ongles sont longs, roses, purifiés,
Matin et soir mes dents blanches, vérifiez?

YSEULT

Avec délice, cher Tristan, je vérifie!

Elle l'embrasse.

TRISTAN

Cherchons la vérité, c'est la philosophie.
Cherchons-la.

YSEULT ET TRISTAN (*ensemble*)

La voici.

YSEULT

Le vrai c'est un trésor
Qu'on ne peut épuiser.

TRISTAN

Yseult, cherchons encor.

YSEULT

Quand arriverons-nous à la fin du problème?

TRISTAN

Cela dépend d'un mot, d'un seul, dis-le!

YSEULT

Je t'aime!

SCÈNE VI

LES MÊMES

ENGUERRAND (*se réveillant*)

Ha! ha! connaissez-vous le réveil du lion,
Du tigre, du condor, du loup, de l'alcyon.

YSEULT

Ah! grâce, Monseigneur!

ENGUERRAND

Jamais, vile adultère!

YSEULT

Grâce! grâce pour lui! — Mon front touche la terre,
Seule je fus coupable.

ENGUERRAND

Assez, je vous connais.
Non, non! pas de pitié pour l'enfant polonais!

TRISTAN

Seigneur, je ne suis pas Polonais, je suis Slave.
Mon père, un officier supérieur et brave
Me mit au monde sur les bords de la Néva
Et mourut sans me dire où la chose arriva.
Le vent soufflait dans les arbres, près de la hutte.
J'avais quinze ans. L'Espagne était alors en lutte
Contre Abdallah, le dey rébarbatif d'Alger.
J'avais passé le Tage, et trois jours sans manger
Quand je parvins, à l'heure où la nuit est sereine
Dans ce jardin de France.....

TOUS

Un, deux, trois, la Touraine.

TRISTAN

C'était le quinze mars. Hélas! voilà pourquoi
O des Machicoulis, duc et cousin du Roy,
Comte de Monguignon, baron de Sombreflamme,
Voilà pourquoi je suis aux pieds de votre femme.

ENGUERRAND

C'est juste. Mais comment alors est-il ici?
Holà! mon nègre, holà! concierge!

YSEULT

Le voici.

SCÈNE VII

LES MÊMES, LE NÈGRE

ENGUERRAND

Je voudrais bien savoir quel est ce beau jeune homme?

Gestes et pantomime du Nègre.

Tu n'en sais rien... Alors comme est-ce qu'il se nomme?
Tu n'en sais rien non plus?... J'aurais dû le prévoir
Et je sais maintenant, car j'ai voulu savoir
Comment est-il entré?... Tu n'en sais rien encore!
Comment va-t-il sortir?... Réponds donc, Fenimore!
Sortir... lui qui la fit sortir de son devoir?
Je sais plus que jamais ce que je veux savoir,
Réponds-moi, dis-un mot! le phoque, la poupée,
Disent papa, maman, et l'abbé de l'Epée,
Moderne Cicéron, n'est pas fait pour les chiens
Dis-moi donc quelque chose, improvise des riens.
Dans des patois vivants, choisir, dans des langages
Cunéiformes... Non?... Je te chasse.

FENIMORE

Mes gages!

TOUS

Prodige! il a parlé.

ENGUERRAND

Donc, il n'est pas muet,

FENIMORE

Je vais donc dire enfin tout ce qui remuait,
D'angoisses dans mon cœur vibrant de domestique.
Ces glaives, ces hauberts, ces heaumes que j'astique
Qui n'ont jamais servi... qu'à se faire astiquer,
Les bottes à cirer, les torchons à marquer,
Le lavage écœurant des rouges casseroles
Et pour paiement des coups, des mauvaises paroles!
Ma dignité froissée... et la table... bon Dieu!
Toujours la nappe sale, et du sale vin bleu
Que l'on baptise au fond des hanaps héraldiques
Du pain rassis et des côtelettes étiques,
Sans moutarde, des œufs, jamais au beurre noir.
Le sais-tu maintenant ce que tu veux savoir?

ENGUERRAND

Ah! nous traiter ainsi, nous, ducs des moyens-âges,
Vassal, manant, vilain, croquant, cocher!

FENIMORE

Mes gages!

ENGUERRAND

Tes gages!... les voici... tes gages, ex-muet,
Ah! j'ai pris ce matin, justement un billet
De cinq mille!... Peux-tu me rendre la monnoie!

FENIMORE

Parfaitement! je vais vous la rendre avec joie.

ENGUERRAND *(à part)*

Diable! *(à Tristan)* Mon jeune ami, prêtez-moi donc dix [francs!

TRISTAN

Mon père fut jadis l'ami des Enguerrands

ENGUERRAND *(au Nègre)*

Prends toujours cet à-compte, enfant!

FENIMORE

Bonté céleste!
Puisque Monsieur paiera dorénavant, je reste.

ENGUERRAND

Mais puisque tu n'es plus muet, nègre balourd!

FENIMORE

Je ne suis plus muet, mais je deviendrai sourd.

ENGUERRAND

C'est juste! Maintenant retourne à la cuisine!

FENIMORE

Quoi ?...

TOUS

Cuisine !

FENIMORE

Hein ?...

TOUS

Cuisine !

FENIMORE

Ah ! bon la couleuvrine...

TRISTAN

Pour qu'il pût vous entendre il faudrait un tambour ?

YSEULT

Oh ! mon Dieu ! pour dix francs, quel admirable sourd !

Le Nègre sort.

SCÈNE VIII

LES MÊMES moins **LE NÈGRE**

ENGUERRAND

A nous trois, maintenant ! Ah ! pardon, je me trompe
A nous deux...

YSEULT

Écoutez ces sons lointains de trompe !

TRISTAN

Dieux! ne serait-ce pas la chasse du Dauphin?

ENGUERRAND

Le Dauphin!... quel Dauphin?... vous, vous êtes trop
Pas de Dauphin. [fin.

YSEULT *(écoutant)*

Mais si, c'est bien lui, sur mon âme!

ENGUERRAND

Quant il pleut, les Dauphins ne sortent pas, Madame!
A nous deux!... Ah! pardon! je me trompe, à nous
[trois!

TRISTAN

Seigneur! n'avez-vous pas de souliers trop étroits?

ENGUERRAND

Trop étroits?... pas étroits...

YSEULT

Votre armure vous gêne?

ENGUERRAND

Mon armure me gêne?... Elle est pourtant de Gêne,
Très malins, les petits malins?... Moi, plus malin
A nous trois!...

YSEULT

Laissez-moi de ce voile de lin
Essuyer votre front.

Elle le mouche.

ENGUERRAND

Merci ?

TRISTAN

Quel œil farouche !

YSEULT

Ce guerrier est ainsi chaque fois qu'il se mouche.

ENGUERRAND

A nous deux, cette fois ! et trêve aux concetti,
Vous êtes son amant ?

TRISTAN

Vous en avez menti.

ENGUERRAND

Ah ! j'ai menti ! menti !... moi, menti. Je pardonne
A l'amant de ma femme, — au fond j'ai l'âme bonne,
Mais me dire que j'ai menti, moi menti, moi !
Moi, des Machicoulis, duc et cousin du Roy,
Comte de Monguignon, baron de Sombreflamme !...
Ah ! voilà ce qu'il faut laver de cette lame,
Tu vas mourir.

TRISTAN

Je n'ai pas fait mon testament.

ENGUERRAND

Luxe!... Dépose ici ton argent seulement
Et fais-lui tes adieux, comme on les fait en rêve,
Surtout ne sois pas long. Je repasse mon glaive.

TRISTAN

Adieu, nature! adieu, forêt! adieu, ciel bleu,
Adieu ma sœur aimée! adieu, ma mère, adieu!

YSEULT

N'as-tu pas oublié quelqu'un de ta famille,
Oh! toi, pauvre petit errant sous la charmille?

TRISTAN

Adieu! ma sœur cadette! Adieu, mon pauvre chien,
Qui m'as connu si jeune, et qui te fais ancien!

YSEULT

Adieu, rebec! adieu, théâtre! adieu, guitare!
Gaspardo le pêcheur, et Pâtre le Lazare.

ENGUERRAND

Dépêchez! dépêchez! j'entends le son du cor,
Je repasse toujours, — dépêchez-vous encor.

YSEULT

Adieu, tes beaux cheveux dorés, chaude auréole!

TRISTAN

Adieu, rose d'amour, qui ferme sa corolle !

YSEULT

Adieu, saphir naissant qui me bleuissait l'œil !

TRISTAN

Adieu, ma blonde venue, et fiancée en deuil !

YSEULT

Adieu, mon rossignol !

TRISTAN

Mon petit rougegorge !

Il s'éclipse.

SCÈNE IV

YSEULT, ENGUERRAND

YSEULT

Guy... Rien ne s'est passé de décisif, en somme !
N'étiez-vous pas présent ici quand ce jeune homme
Cédant, sans y penser, aux premiers feux des sens,
Marivaudait des madrigaux fort innocents ?
Je savais, que pendant cette églogue éphémère
Vous étiez-là, veillant sur nous comme une mère,
Et malgré sa jeunesse, et malgré mes appas
Vous voyant près de nous, nous ne tremblions pas !
Tel un ruisseau coquet épris d'une pervenche

Gargouille aux chants d'amour et dans son cœur s'épan-
[che
Le chêne qui, noueux, étend son lourd arceau
En veut-il à la fleur, en veut-il au ruisseau!

ENGUERRAND

Ruisseau, fleurs, en veut-il? Il n'en veut pas, c'est juste!
La pervenche est charmante, et le chêne est auguste!

YSEULT

Oui! le chêne est auguste, il est noble, il est bon,
C'est pourquoi vous allez nous pardonner.

ENGUERRAND

Pardon!
Je ne me mêle pas des affaires du chêne
Qu'il ne se mêle pas des affaires du frêne!

YSEULT

Quel frêne?

ENGUERRAND

Moi, le frêne! et j'ai bien ma raison;
Ma comparaison, vaut votre comparaison!

YSEULT

Triste frêne, Monsieur, vous êtes frénétique.

ENGUERRAND

Frénétique, en effet, mais non pas *frène étique* :
La force dans mon bras d'acier, abonde à flots.

Je soulève des poids d'au moins quâtre kilos.
Je vais avec mes dents porter des chaises âpres.
Je suis nourri de sang, de harengs saurs, de câpres,
De tripes de Riou, de trompe d'oriflan.
Je vais vous le prouver en vous perçant le flanc.

YSEULT

Ah ! seigneur ! êtes-vous à ce point insensible ?
Ce flanc de marbre, qui va vous servir de cible,
Ce flanc que vous allez massacrer sans remords,
Ce flanc qui va passer au nombre des flancs morts,
Ce flanc qu'un glaive nu va trouer d'outre en outre,
Comme un forêt de vert douanier perce une outre
Ce flanc mystérieux, ce flanc délicieux ;
Ce flanc ne fut-il pas façonné par les cieux
Pour servir de berceau, seigneur à votre race ?
Grand Enguerrand, au nom des Machicoulis, grâce,
Grâce pour cette femme aux espoirs triomphants
Qui pouvait être la mère de vos enfants !

ENGUERRAND

Ta, ta, ta. Rien du tout.

YSEULT

Mais alors, quelle femme
Etait donc entre nous, ma belle-mère infâme
Qui mit au monde un fils barbâre et tel que toi ?
Je te tutoie enfin, car c'est plus fort que moi ;
Je voulais épargner à ton front solitaire

Cette honte qui prend un... mari sur la terre,
Je m'étais faite douce et charmante à plaisir,
Et je mentais avec l'espoir de réussir
Croyant que ta vertu de Machicoulis, d'âme
Noble, de Monguignon exquis, de Sombre flamme
Délicieux, aurait le nez de se louer
D'un être ayant le tact de ne rien avouer!
Eh bien! J'avoue enfin! et pour votre torture
Eternelle, Monsieur, j'avoue une aventure
Plus effroyable encor que vous n'imaginez,
Et je l'affirme à votre barbe, à votre nez,
Je vais mourir coupable entre les plus coupables.

ENGUERRAND

Nos arrêts sont formels, et jamais discutables.
Je vous tue. Avez-vous commis la chose exprès
Ou non?... Tuer d'abord et réfléchir après,
Madame, pensez-y, cette maxime est bonne:
Si l'on réfléchissait, l'on ne tuerait personne.

YSEULT

Alors vous me tuez la première... tant mieux

ENGUERRAND

Madame, à notre tour, faisons-nous nos adieux

YSEULT

Eh bien frappe sous l'œil de Dieu qui te regarde
Voilà ma gorge, frappe.

ENGUERRAND

Allons Madame, en garde !

SCÈNE IX

LES MÊMES, LE MOINE

LE MOINE

Arrêtez, s'il vous plaît, que veut dire ceci.
Est-ce pour plaisanter que nous sommes ici ?
Ecoutez. Il s'agit d'un fait de la plus haute
Conséquence, entends-tu ? conséquence, mon hôte.
Laisse ton yatagan. *(A Yseult.)* Toi dépose ta tour.
Ah ! vous ne savez pas la nouvelle du jour.

ENGUERRAND

Nous ne lisons jamais les journaux.

LE MOINE

C'est indigne !

YSEULT

Je n'en crois pas un mot.

ENGUERRAND

Et moi pas une ligne.

LE MOINE

Un mot de quoi ? comment ? une ligne de qui ?

ENGUERRAND

Ne parliez-vous pas de Poniatowski.

LE MOINE *(furieux)*

Pas le moins du monde... Ah!...

YSEULT

Pardon, alors.

ENGUERRAND

C'est juste.
Continuez.

LE MOINE

Alors, je commence.

ENGUERRAND *(interrompant)*

Procuste
Etait, sans contredit, un tyran fort adroit.
Son lit trop long pour l'un, pour l'autre trop étroit
Est une invention joliment singulière.
Je la veux dépasser par une à ma manière,
Et dès ce soir.....

LE MOINE

Monsieur, permettez, vous m'ôtez
La parole, c'est dur, et quant aux cruautés
Que votre cervelle en combustion médite,
Il est trop tard. Compter sur une réussite
De ce genre, c'est fou, je vous l'affirme, car
Ce jeune homme n'est plus, qui s'appelait Oscar.

YSEULT

D'abord, il s'appelait Tristan.

LE MOINE

Vil artifice !
Vous allez en juger. Je lisais mon office
Dans la pièce à côté, tranquille et monacal,
Quand doucement, auprès de mon fauteuil bancal
J'ouïs qu'on me parlait avec la voix de l'âme.
Avez-vous entendu chanter l'Hippopotame ?
Je relève la tête et vois, tel qu'Absalon
Un Monsieur qui me dit : — « Fumez-vous ? » — « C'est
[selon »
Répondis-je, Monsieur. Il reprit : « Quel dommage ! »
Je fais sur cette terre un joli personnage.
Qu'en pensez-vous ? — Je dis : « Dieu fait bien ce qu'il fait. »
Il reprit : « J'étais las de fumer en effet ;
Depuis longtemps j'avais en horreur la régie
J'essayai quelque peu de l'anthropophagie,
Rien ne me réussit. » Je dis : — « Il faut le temps
A tout. » Il reprit : « J'ai compté tous mes instants,
Il ne m'en reste plus que trois ou quatre à vivre.
Attention ! » fit-il. Je refermai mon livre
Et je le regardai. C'était trop fort, vraiment,
Et sans dissimuler mon mécontentement,
Je lui criai : « Parbleu, vous attendez peut-être !..... »
Mais Oscar a déjà le pied sur la fenêtre,
Et se précipitant, dit : « Malheur aux Londrès ! »
Tout ça, le temps de voir passer un train-express.

ENGUERRAND

Il est mort, c'est bien fait.

YSEULT

Bah ! tant pis.

ENGUERRAND

Quoi, Madame,
Vous ne regrettez pas ce réserviste infâme ?

YSEULT

Je m'en soucie autant que Laure d'Abeilard.

ENGUERRAND

Je vous pardonne alors sans détour et sans fard,
Et réjouissons-nous, puisque justice est faite.
Moine, vous me plaisez, vous avez une tête.
Ma femme, embrasse-le.

Pendant qu'ils s'embrassent.

Moi des Machicoulis
Duc et cousin du roi, natifs des Andélys,
Comte de Monguignon, baron de Sombreflamme,
Donne pour directeur ce brave homme à ma femme.

LE MOINE

Honneur aux Enguerrand, mort à leurs ennemis.

ENGUERRAND *(au moine)*

Votre lit sera fait.

YSEULT *(à Tristan)*

Ton couvert sera mis.

FIN

TABLE DES MATIÈRES

PARIS. — IMPRIMERIE L. GUÉRIN ET Cie, 26, RUE DES PETITS-CARREAUX

www.ingramcontent.com/pod-product-compliance
Ingram Content Group UK Ltd.
Pitfield, Milton Keynes, MK11 3LW, UK
UKHW031857260826
14628UKWH00002B/833

9 782019 983550